EL DÍA PERDIDO

SERGIO NEVEU

ÍNDICE

CRONOLOGÍA ANACRÓNICA

Un día como cualquier otro. Nada diferente en la rutina de Mauricio. El despertador tocó en la hora prevista y en la secuencia el bostezo automático, sacudir la modorra antes del baño, el desayuno y el camino a su trabajo. Todo como siempre era, nada diferente y nada hacía prever que el día sería totalmente diferente, como lo fue.

Viernes. Era un día viernes, que en circunstancia normal sería precedido por un jueves, aunque para Mauricio hoy era jueves y no viernes. Estaba tan convencido de la veracidad del jueves que no se preparó para el happy hour de todo santo viernes con los amigos de bar y vaso del trabajo, porque hoy era jueves. No tenía el hábito de leer el periódico por la mañana o de encender el aparato de la televisión. Por lo tanto, continuaba siendo jueves y con esa perspectiva mentalizó su programación: ninguna alteración en su jueves. No podía olvidarse de poner las zapatillas porque hoy era día de jugar futbol de salón. El día de la gran final. Todos los jueves posterior al expediente, se reunía con el grupo de deportistas cerveceros que se encontraban en la faja etaria de querer disimular la panza y mostrar aún la rigidez de sus músculos, luchando caninamente contra la inexorabilidad de la ley de la gravedad o engañar el pasar implacable de las décadas vividas, a fin de parecer más jóvenes de lo que eran.

Vencedores en los partidos, tenían que asumir la derrota inminente de cada semana que los dejaba más vulnerables a las arrugas y a la flacidez y más próximos del mausoleo.

Separó su ropa deportiva, colocó las zapatillas que usaba y guardaba desde el momento en que su pie detuvo su ansia por querer salir de la horma de sus zapatos. Paró para verificar si todo el material estaba en su bolso. Estaba.

Se recordó que tenía el compromiso de ir al cine con su memorable y esculpida enamorada. Marcaron, como todos los jueves, de juntarse en la puerta para la última sesión de cine porque era poco frecuentada y costaba la mitad del precio. Este era su pasatiempo predilecto: ir al cine los jueves por la noche en la mejor de las compañías, Julieta. Ambos cinéfilos declarados y asumidos, sin encogimiento de comentarlo con sus amistades y familiares. Era sagrado. Los jueves se dedicaban a rendirle homenaje al séptimo arte, como también a venerar el resultado de la increíble invención realizada por los Lumiere.

¡Benditos Lumiere! Intentó rememorar la película del jueves anterior…Agosto, fue agosto el filme que vimos. Curiosamente y afortunadamente lo vimos en septiembre. Dicen que los que la vieron en el mes de agosto estancaron definitivamente la progresión de sus vidas por causa de la depresión transmitida por el guión. O sea, viven permanentemente en el mes de agosto, como el protagonista del día de la marmota vivía sistemáticamente el mismo día. Día tras día. En fin. Me compadezco de aquellos que están congelados en el tiempo. ¿Existirá un descongelador de la cronicidad? ¿Cuál es la cartelera para hoy? ¿Qué me recomendó Julieta?... Que distraído soy. Quiere ver por la enésima vez cartas para Julieta por motivos obvios.

Corroboró con este recuerdo su existencia en el jueves. Confirmó que tenía las entradas, lo que reforzó su creencia absoluta en que hoy era jueves. Nada diferente de los otros jueves. Sin embargo, éste era un viernes mimetizado de jueves. Y un viernes totalmente distinto de cualquier viernes o cualquier otro día de la semana. No obstante, no se percató que vivenciaba el viernes en toda su extensión y amplitud, puesto que ayer miércoles finalizara, gracias a Dios, la transacción comercial que se dilató más de lo que era esperado y previsto, motivo por el cual le colocaron como fecha límite para encerrar el negocio el miércoles de esa semana.

Veinte minutos antes del final de la jornada de trabajo del miércoles, consiguió convencer a su cliente de que la adquisición del cinematógrafo proveniente de Eden, Francia - la primera sala del primer cine donde se proyectó la primera película conocida - era una excelente adquisición para su colección de artículos arcanos, arcaicos y señeros. Fue este argumento, el de ser el único proyector remaneciente originario del primer cine todavía en condiciones de uso en la faz de la tierra, que destruyó todo vestigio de oposición del soberbio comprador.

Y eso había sucedido ayer, miércoles. Lo recordaba como si fuera hoy ya que llegó a dudar de su sanidad un poco antes de concluir el negocio. Se estaba sugestionando, casi convenciendo, que sufría de apraxia, la deficiencia en que palabra y pensamiento se desconocen y no se corresponden entre sí. Todavía le parecía inverosímil. No se podía convencer que la saga de persuadir al icono de las adquisiciones raras, que duró entre seis o siete meses, llegara a su fin. Se sintió satisfecho, reconfortado y recompensado por el arduo trabajo que le diera vender un aparato tan codiciado y sofisticado al prototipo de los coleccionistas que no valorizó ni el equipamiento, ni el esfuerzo, ni la deferencia de habérselo ofrecido solamente a él y a nadie más, sabiendo que otros coleccionadores también estaban interesados en poseer este artículo tan prestigiado y deseado.

Si fuera viernes, convidaría a todos sus amigos para conmemorar el resultado obtenido magistralmente sustentado en su perseverancia y persistencia que nunca flaquearon o temblaron contra todos los pronósticos adversos. Seguro, pagaría una rodada de bebidas a todos los que comparecieran porque la comisión de la venta era imponente y fornida. *– no voy a anticipar el festejo. Aguardaré hasta mañana viernes para proporcionarles una gran sorpresa. Sin embargo, sorprenderé a Julieta con una cena após el cine –* pensó con una sonrisa indisimulable en su rostro.

Sin ningún motivo aparente, miró el calendario. Por alguna razón desconocida, o por una falla en la impresión – como se dijo a sí mismo – el día jueves no aparecía. El espacio correspondiente al número que identificaría al jueves se mostraba blanco, albo sin tinta o marca que sugiriese que ahí debería existir un día. Por mera curiosidad recorrió las otras hojas del calendario con la vista con el intuito de verificar la repetición de esta falla, o no. Se cercioró que solamente en ese día de aquella semana de aquel mes, inexistía un número, lo que no llamó mucho su atención. Aunque debería haberlo hecho. Interrumpió su inspección visual porque el teléfono tocó.

- ¿Aló?

- ¿Por qué hice el papel de poste orinado por perros ayer por la noche en la puerta del cine?

- De que hablas, Julieta. Buen día para ti también.

- Mauricio, por favor no te hagas el gracioso. Te esperé hasta las diez, hora en que mi paciencia se acabó y la sesión anterior a la nuestra también, como también las ganas de orinar de los perros.

- Te equivocaste de día, Julieta. Estoy con las entradas en mi bolsillo. ¿Qué te hizo pensar que nuestro encuentro era ayer? Creo que fue tu ansiedad por ver nuevamente la película que lleva tu nombre y que tanto te estremeció.

- Presta atención, Mauricio. No sé qué me escondes o quieres ocultarme. Pero no me trates como una deficiente mental o una adolescente ya que merezco algo más elaborado como disculpa o motivo. ¿No te parece?

- *Sinceramente, no imagino de qué estás hablando. Como todos mis jueves, iré a jugar futbol de salón con mis amigos y luego iré a tu encuentro. Eso es lo que mi agenda registra y es lo que haré si no surgen imprevistos.*

- *Veo que mantendrás tu postura de hipnotizador de la razón. Solo que conmigo no funciona. Soy inmune a ese tipo de técnica porque tengo armaduras inquebrantables, impenetrables a palabras cándidas o aduladoras y oídos sordos, ciegos y mudos a la cantilena encantadora de incautos. Te sugiero que reflexiones antes de conversar nuevamente conmigo, si es que nos encontramos.*

- *Julieta, Esto es una locura. Un dialogo entre nepaleses y cubanos sin interprete. No entiendo una silaba de lo que me dices. Hoy es jueves. Hoy es nuestro día noctívago. Hoy te llevaré a cenar porque ayer...*enmudeció ya que no quería estropear la sorpresa del negocio consumado.

- *¿Qué pasó ayer? ¿Por qué no me lo cuentas en detalles y con la verdad en tu consciencia? Me agradaría mucho y ganarías puntos que te aproximarían al perdón y a mis brazos.*

- *Por supuesto que te lo contaré con minucias, detalles y particularidades. Entiendo que después de la contienda futbolística sería más apropiado pasar a tu casa. ¿Cierto? Presiento que no te prestarás a ser poste de nuevo.*

- *Estás correcto. Pero te suplico que no insistas en que irás a tu compromiso deportivo en el día de hoy. Es una mentira que no tiene tamaño ni consistencia. Para ahora de intentar convencerme de algo que el ciclo de la naturaleza, los calendarios y los relojes desmienten en tu versión. El tiempo no se detiene, es inmutable en su función. Para tú información, hoy es viernes el día entero hasta la medianoche. Además mi ropa está fétida con el recuerdo que los canes dejaron con indiferencia y alivio.*

- *Aclararemos esto del tiempo cuando nos encontremos a la noche. Al parecer ambos estamos seguros de lo que decimos, generando un impase. Nada insoluble para nosotros. Personalmente aprecio los esclarecimientos en la intimidad porque tienen un sabor diferenciado, con gusto a reconciliación y perdón. Es exactamente eso que pretendo hacer contigo. ¿Nos vemos más tarde?*

- *Te espero. Como ayer, te esperaré hasta un horario que sea adecuado a mi tolerancia y apropiado a tu remordimiento. Chao.*

La perplejidad tomó cuenta de las emociones de Mauricio, como también una onda de preocupación ocupó su mente. *¿Qué había ocurrido con la dulzura de Julieta? ¿Por qué permanece imperturbable delante de la evidencia incontestable del jueves? ¿Y cuál sería su motivación para crear esta fantasía de vivir adelantada en el tiempo? Son síntomas sutiles de quien quiere terminar una relación y no encuentra razones medulares sobre las cuales apoyarse o asentarse. Solo puede ser eso. No consigo vislumbrar o cogitar otras razones para tomar esas actitudes aguerridas y agresivas. Me dio la sensación de estar en una torada, siendo que ella era el toro enfurecido y yo el payaso que lo distrae sin ninguna protección.*

Llevó su pensamiento a la reflexión y ésta lo condujo a la contemplación profunda de las actitudes de su compañera inseparable. La imagen del día en blanco pasó fugazmente por su mente. No quemó fosfato para entender el simbolismo surgido. Una pequeña duda se asomó en su intelecto: la certeza con que Julieta le mencionó que hoy era viernes. - *¿Y si estuviera en lo cierto?* - Tampoco gastó sinapsis para interpretar el mensaje ya que era imposible ser viernes en pleno jueves. Julieta era alegre, pero su índole no era de bromista ni de embustera. Ni uno ni lo otro servían para explicar este comportamiento hostil, totalmente desconocido para él. Su pensamiento insinuó inadvertidamente algo relativo a mostrar su verdadera cara que, antes de terminar de formularse, fue aniquilado, desterrado al limbo de las emociones sin sentido.

Terminó de tomarse su café y se dispuso a salir. Una fuerza misteriosamente misteriosa lo impelió a mover su cabeza en la dirección donde pendía impávidamente el anuario. El espacio desprovisto de marcas resaltaba entre los números negros y los pocos rojos que conseguía visualizar desde donde se encontraba.

- Que coincidencia esdrújula. Julieta resistiendo en su convicción de que hoy jueves es viernes y la ausencia de un numero en el día de hoy jueves. No pasa de una simple coincidencia, como tantas otras que nos acontecen diariamente y que no relevamos en función de no afectar nuestros comportamientos o entrometerse en nuestros compromisos.

Con la puntada de su psique aun en su cuerpo, por esto de la coincidencia, no se atentó para el hecho de que varios de sus amigos se hicieron de indiferentes a su llegada al escritorio. Algunos voltearon su espalda, otros ni siquiera levantaron la cabeza para cumplimentarlo. Solo uno vino a su encuentro para pedirle satisfacciones.

- *¿Qué te pasó ayer?*

- *¿Por qué? No entendí bien tu pregunta*

- *Que descarado eres. No compareciste al juego justo ayer que era el partido de la decisión, la final tan esperada por todos. Tú, mejor que nadie, comprendías el significado de este enfrentamiento. No era una cuestión de más o menos goles; no era cosa de agarrar el trofeo y levantarlo. Era por nuestro honor, por los años en que soportamos humillaciones y desprecios por parte del equipo de los mandamases. Era para acariciar nuestras almas doloridas, para apaciguar el corazón convaleciente, para descansar nuestros espíritus indignados por el menosprecio y la soberbia. Era encontrar la paz que perseguíamos desde no me acuerdo cuando. Ahora, sufriremos las consecuencias con la impotencia del perdedor y la burla del vencedor. Porque perdimos por si quieres enterarte...*

...Calma. Vamos con mucha calma porque se trata de cosas del alma y yo no desestimo ni considero irrelevantes las cosas oriundas de ella. Hoy es jueves. Hoy es el día que nos consagrará como campeones de la disputa por la valorización de nuestras personas y trabajos. Hoy es el día en que estoy con mi maletín a cuestas, incluyendo las zapatillas que ustedes tanto me critican. Hoy es jueves y tenemos un adversario esperándonos con hambre de mantener la superioridad y la hegemonía sobre todos nosotros. Si esto es una broma, es de pésimo gusto y la detesté.

Como dijiste, soy la persona que mejor comprende el significado de vencer este desafío. Me arrastro hace mucho tiempo por los corredores de esta empresa aguardando por esta oportunidad. Ya me sentía un gusano de tanto deslizar mi cuerpo contorsionándome para mantener la poca dignidad que me restaba. Soy el más antiguo aquí, ya casi hago parte del inventario. Sé que mandaron confeccionar una placa metálica con el número que me identificará como un activo de la oficina. Que gran reconocimiento, que gran regalo para una vida de sacrificios. No me vengas a hablar de sufrimiento porque nadie aquí pisa en las piedras que yo tengo en mis zapatos. Nadie aquí está con cara de batracio porque yo me tragué todos los sapos. Lo que realmente me deja perplejo, confuso es tu afirmación que todo eso sucedió ayer, como si no fuera hoy.

- *Mauricio ¿te sientes bien? ¿Estás tomando algún medicamento que altere tus sentidos? Porque puedo asegurar que no tienes alzheimer. ¿O estás en los primeros estados y no lo sabíamos? Te esperamos hasta el último segundo. Imploramos para postergar el inicio del juego en diez minutos, lo que para sorpresa nuestra, fue concedido. Iniciamos. El intervalo vendría y tú estarías calzado para entrar en campo. Pero no fue así.*

La verdad, la única verdad incontestable es que ayer perdimos mucho más que un juego. Por más efusiva que sea tu declaración, por más vehemente que sea tu manifestación, ayer jueves por la noche le otorgamos al equipo de las estrellas de cristal el placer y el derecho de tratarnos como bufones de oficina durante un año entero. Por lo tanto, elimina tu impetuosidad y dinos que ocurrió que te impidió de participar en el llanto de la derrota con nosotros. Y no me vengas con esa historia que hoy es el día de la contienda, porque no lo es.

- Mi gran amigo... mis pensamientos están difusos, como fotografía fuera de foco. Estoy dudando de mi juicio y sanidad mental. Mencionaste el Alzheimer...tal vez sean los primeros síntomas. No puedo considerarlo como otra simple coincidencia. Julieta me interpeló hoy temprano por teléfono debido a mi ausencia en la noche de ayer. Noche que dedicamos al cine, como todos los jueves. Sin embargo, para mi ayer fue miércoles y nadie puede negármelo. Tengo como testigo al extravagante coleccionista y la conclusión de nuestro negocio. Eso fue ayer, estoy seguro. Tan seguro como para los aliados el día D fue un martes y no un lunes ni un miércoles.

- Desconozco cualquier explicación plausible para este acontecimiento cronológico. Permaneces impasible en tu posición temporal. Para ti hoy es jueves. Para la mitad del mundo, es viernes. Incluso para Julieta. Por lo que mencionaste, todo esto tiene cara y perfume de mujer. ¿Es esa la razón? ¿Una falda justa? No te penalices ni martirices si este es el motivo. En este ambiente no existe nadie que pueda tirar la primera piedra, ya que todos tenemos tejado de vidrio. Lo conversamos después...

Me iba olvidando que hay una par de personas que quieren conversar contigo en la sala de reuniones. Ignoro el asunto, pero me trasmitieron seriedad y urgencia, así como olor a mazmorra y persecución. Sentí miedo, repulsión y escalofríos. Si necesitas de mí, dame una señal. ¿Está bien?

- Combinado. ¿No relataron cual era el asunto? Si son macabros como describes, ya siento los efectos de las feromonas exhaladas por el miedo...hoy continua siendo jueves...lo discutimos antes de ir al departamento de Julieta... voy al encuentro de lo inimaginable. ¿Crees necesario desearme suerte? No importa, no sé de qué se trata y en la ignorancia de lo desconocido, la suerte no tiene ninguna representatividad. Todo indica que debe ser un equívoco, un engaño de homónimos o algo parecido.

INVESTIGANDO EL TIEMPO

- *Buen día. Soy el investigador de policía Domingo Sabático y esta es mi compañera Marta Viernal. ¿Usted es Mauricio Mercante?... Afirmativo. El motivo de nuestra visita se debe a la denuncia interpuesta por el coleccionista contra su persona. En la mencionada denuncia hace mención al no cumplimiento de un acuerdo de caballeros al que habían llegado después de exhaustivas conversaciones, correspondencias, mensajes, ofertas y contraofertas.*

Consta que el objeto de las negociaciones era una maquina conocida como cinematógrafo. Según las palabras del excelso coleccionista: "de valor inestimable para su acervo particular". Que el día miércoles de esta semana, anteayer, efectuó el pagamento integral de dicha reliquia confiando en su palabra empeñada de entregárselo al día siguiente. O sea, ayer jueves. - Usted sabe que posesividad y desconfianza andan unidas como enredadera y muro. Es solo un comentario - De acuerdo al eximio demandante este hecho no ocurrió, como puede comprobarlo por nuestra presencia aquí.

No obstante, también nos encontramos aquí para oír su versión de lo acaecido. Verificar si no se trata apenas de un mal entendido, de una demora en la entrega del material o de alguna confusión burocrática, tan común en los días actuales, principalmente los jueves que, por definición son la víspera del esperado viernes, razón que les confiere la capacidad de dejar a las personas mal humoradas ya que se anteponen al día en que comienza el fin de semana que es donde realmente disfrutan de la vida y del descanso merecido...

Tengo la tendencia a desviarme de los asuntos principales, por lo mismo vuelvo al tema del cinematógrafo. ¿Tiene legitimidad esta denuncia o es un contratiempo de la comprensión?

- *Disculpe si no conseguí acompañar toda su exposición. Estoy atónito. Me ha tomado desprevenido, totalmente de sorpresa esta calumnia, porque solo puedo denominarla de esta forma. Como también estoy desconcertado con la aseveración de que hoy es viernes, siendo jueves como le probaré. Es incontestable que estamos hablando de un engaño o mal entendido o una celada. Como dijo, este tipo de persona posesiva no solo es desconfiada, sino también precipitada y, no me atrevo a decir, maliciosa, pero...*

Tengo en mi poder el documento de remesa del preciado aparato cinematográfico que identifica el día de hoy, jueves, como fecha del envío. Esta será mi primera acción de trabajo, tan luego termine esta entrevista con ustedes, ya que cumplo cabalmente con los compromisos que asumo y no será esta la ocasión de manchar mi reputación. Mire, está aquí... fecha de expedición: jueves. Por lo tanto, no existe motivo, argumento ni razón para presentar esta denuncia... ¿Por qué todos intentan convencerme de que hoy no es hoy, sino el día posterior al que estoy viviendo?

- Por un motivo fútil, banal, ordinario: hoy es viernes – respondió Marta.- *Le devuelvo la pregunta: ¿Por qué quiere convencernos de que hoy es jueves? ¿Intenta desorientarnos, o hacerse pasar por amnésico? Si es así, lo aconsejó a buscar motivos más contundentes y definitivos ya que estos no se sustentan delante de la evidencia. Piense cuidadosamente en su respuesta.*

- No pretendo desorientarlos, confundirlos o adjudicarme una amnesia que no tengo. Sinceramente, pienso que esta es la estrategia de ustedes: la desorientación. Reitero que esto es una insensatez. No tiene pie ni cabeza. Equivale a decirle a un matemático que al cuatro le sigue el seis. O al astrónomo que este año junio viene en la secuencia de abril porque la constelación de mayo está invisible...

Ayer cerré el negocio con el coleccionista. Es de fácil comprobación. Pídanle a mi jefe que les diga cuál fue la fecha límite que me impuso para concluir la transacción. Él les dirá lo que yo les afirmo: fue el miércoles, el día de ayer. Mi jefe es la única persona que sabe de la finalización porque terminó cuando todos ya habían partido. Por favor, inquiéranlo. Aguardo confiado la respuesta.

- Está previsto tener una conversación con su jefe, a su debido tiempo. Por mientras, sería de extrema utilidad saber si mantendrá su versión de los hechos o si quiere corregir o retractarse de algo. A veces, nuestra inconsciencia nos hace jugadas traicioneras, impensadas. No es inusual, ya lo hemos visto antes. Desdecirse no es rebajarse o menospreciarse. Tengo la impresión que es al contrario, le concede un valor que pocas personas demuestran en la hora de la confesión.

- Se lo repito señor Domingo Sabático: no es mi caso. Hacer un acto de contrición equivaldría a colocarme la soga al cuello y es inadmisible que lo haga por otro simple motivo: hoy es jueves, el día prometido para la entrega. Es un delirio del coleccionista querer adelantar el tiempo de acuerdo con sus intereses y caprichos…

Acabo de visualizar una imagen de una institución de tratamiento de perturbados mentales. Por acaso ¿ustedes no trabajan para una organización con estas credenciales, ¿cierto?… !Qué alivio que lo hayan negado! Solo consigo concluir que todo esto obedece a un complot. Julieta, mis amigos, ustedes y el día inmaculado en el calendario, todos mancomunados. Tal vez sea el día de la mentira y yo no lo sabía. ¿Es el día de la mentira? Bueno, si lo es no me lo dirían porque no pueden decir la verdad y si la mencionan, no les creeré. Elucubraciones aparte, si no tienen nada más que preguntarme iré a despachar el litigioso artículo para acabar con este desvarío insano y, principalmente, con esta alevosía realizada livianamente por el coleccionista.

- Tenemos que solicitarle que permanezca algunos instantes más en el recinto. Confirmaremos con su jefe las informaciones que nos repasó. Ya requerimos su presencia en este local. Si existe compatibilidad entre sus versiones, nos retiraremos con las disculpas del caso. Si no, tendremos que optar por otras técnicas de obtención de los datos. ¿Me entiende?… Ahí está él.

- Buen día. Sería tan amable de contarnos su versión sobre la transacción del cinematógrafo, por favor. Lo escuchamos atentamente.

- Antes de enunciar cualquier versión, permítanme formularle una pregunta a Mauricio. ¿En qué estás pensando? ¿Por qué razón no has enviado el cinematógrafo al coleccionista? ¿Dónde te encontrabas el día de ayer, el jueves? Te buscamos en hospitales, en la policía, en la morgue, en los bares que frecuentamos y en algunos lupanares próximos al domicilio del coleccionista. Se sincero, porque nuestra fama y un voluminoso cheque dependen de esto. Además de tu estabilidad en el trabajo, claro.

- Quieren enloquecerme. Tengo que reconocer que urdieron una estratagema que está funcionando. Si la intención es de renuncia o de demostrar cuanto una persona puede resistir a lo inconcebible, o cual es el límite de la cordura, no había necesidad de toda esta orquestación. Sería mucho más sencillo y honesto decírmelo en mi cara. Lo aceptaría sin cuestionamientos ni generar controversias. Mucho menos haría un escándalo.

Ya que mi verdad es insuficiente para convencerlos, me refugio en subterfugios. Fui secuestrado por un grupo de bandoleros que me drogó con un sicotrópico potentísimo. O bien, soy cleptómano y no resistí a la tentación del cinematógrafo, lo que me tomó tiempo para encontrar un escondite apropiado. O quien sabe fui abducido por seres extraterrestres que me mantuvieron como rehén en su nave para observarme y analizarme. O mejor aún, fui declarado muerto por veinte y cuatro horas como consecuencia de un accidente. Pero resucité como Lázaro. Uno de esos milagros que la ciencia no quiere oír hablar porque carece de explicaciones. ¿Cuál de las alternativas les parece más adecuada y plausible? Pueden escoger cualquiera porque para mí es indiferente. La defenderé como si fuera mi verdad, siendo que la única verdad que puedo sostener en mi consciencia es de qué hoy es jueves.

No soy mitómano o falaz, no tengo la mente dividida ni soy poseedor de una verdad absoluta. No obstante, no puedo aceptar la verdad de ustedes. No puedo hacerlo por mero conformismo, ni por evitar conflictos desnecesarios o por agradar a personas soberbias. Es algo mayor que eso. Es un día de mi existencia. Es permanecer en la normalidad con todas mis facultades mentales intactas...Lo siento mucho, pero si la discrepancia es la solución, si discordar es la salida de este laberinto, si promover la discusión es el fin de este problema, entonces las hago mías para ser el argumento a través del cual conseguiré probar que hoy es jueves y que lo que digo corresponde a la verdad de la temporalidad y de la cronología. No haré más comentarios o responderé a otras preguntas porque estamos girando en círculos, como bote con un solo remo o como el remolino que desconoce otro movimiento que no sea el circular.

- Las preguntas de su jefe son una respuesta por si solas, ¿no es verdad? Y las opciones propuestas por usted no contienen ningún tipo de solución viable o una línea de investigación factible. No hago premoniciones. – Observó Domingo - *Sin embargo presiento que estamos delante de un impase casi insoluble. Digo casi porque afortunadamente la ciencia de la pericia criminal ha evolucionado de forma abismal en esta década...*

Marta, por favor busque "el infalible" en nuestro vehículo. No deduzcan nada asustador por su nombre. Lo llamamos cariñosamente así porque se mostró con esta cualidad en todos los impases con que nos tropezamos. Hasta poco tiempo atrás se conocía solamente al falible detector de mentiras, o polígrafo, con sus cables conectados a diversas partes del cuerpo, que registra respuestas fisiológicas a las preguntas, como variaciones de la presión arterial o de los batimientos cardiacos. Todo altamente cuestionable y sin respaldo científico para apoyarse. Pues bien, Mauricio usted tendrá la oportunidad de testimoniar como protagonista el aparato que es la némesis de la mentira. O sea, el detector de verdades. Este detector tiene algunas características peculiares. Fue elaborado en conjunto por neuro científicos de acciones intachables, psicólogos de índole impecable, personas de ética irreprochable, religiosos inmaculados y elementos de un servicio secreto que no puedo mencionar y de los cuales desconozco su moralidad.

Como resultado de sus investigaciones generaron un equipamiento capaz de detectar la veracidad de las afirmaciones de los interrogados sin fallar y sin ambigüedades. Por eso su apodo de infalible. Al contrario de su antónimo, el detector de mentiras, éste conecta su sensor directamente y solamente en el corazón, órgano que no sufre la incumbencia ni la injerencia de la razón. Músculo donde el intelecto no tiene autoridad ni dominio. El sensor capta las sinapsis de las neuronas del corazón[1] en el instante en que surgen. De esta manera, el sensor captura, por así decirlo, el envío de las señales eléctricas antes de llegar al cerebro. Por lo tanto, las respuestas son innatas, no procesadas, puras y fieles a la verdad incontrolable por parte de la persona que está siendo cuestionada. Inexiste la posibilidad de omitir, adulterar o modificar una respuesta. El detector es sensible a los pensamientos y a las emociones que son anteriores a la racionalidad porque el sistema límbico se formó al inicio de la aparición del homo sapiens y, posteriormente, se formó el lobo temporal que procesa lo emergido del primero...

No los aburro más con estas explicaciones evolucionistas. Es una preciosidad de la tecnología mezclada con la fe y la búsqueda incesante por la verdad última. Aunque no puedo obligarlo a realizar el test, le recomiendo hacerlo de forma voluntaria porque no tiene contraindicaciones ni efectos colaterales. No obstante, puede arrojar una luz definitiva para esta contrariedad que nos está desgastando a todos y, principalmente, a ti Mauricio... Ya llegó. Gracias Marta. ¿Se atreve a pasar por el infalible?

---

[1] Annie Marquier, matemática e investigadora de la conciencia, ha descubierto que el corazón contiene un sistema nervioso independiente y bien desarrollado con más de 40.000 neuronas y una compleja y tupida red de neurotransmisores, proteínas y células de apoyo.

- Por supuesto. ¿Duele?

- Absolutamente nada

- ¿Es tan confiable como lo describe?

- Más aún

- Entonces lo haré de ojos cerrados y de corazón abierto.

- Perfecto. Esa es la actitud que se espera y la que facilita las interpretaciones. A propósito, no puedo considerarlo como un estorbo u obstáculo, pero los resultados no son inmediatos. Tendremos que aguardar hasta el miércoles de la próxima semana ya que hoy es viernes, o jueves dependiendo del prisma, y los análisis demoran dos días útiles para estar listos. Sugiero que aguardemos las conclusiones y los datos emanados del test para tomar cualquier providencia o acción. Estamos de acuerdo, entonces.

Marta, prepare al denunciado para la ejecución de la prueba. Al parecer, por los gestos de sus rostros, la palabra ejecución no fue bien utilizada. Tiene una connotación fuerte, definitiva. La sustituyo por realización, ¿les suena más liviana?

Podemos proceder. Responda con monosílabas o con frases cortas. No prolongue demasiado sus razones porque de nada valdrán. No se olvide que este detector capta su espíritu innato y la racionalidad tiene el pésimo hábito de alejarnos de nuestra esencia.

- ¿Hoy es jueves?

- Si

- ¿Ayer cerró las negociaciones con el coleccionista?

- Si

- ¿Hoy es viernes?

- No

- ¿Por qué piensa que hoy es jueves?

- Porque es la final del campeonato y me reuniré con Julieta para ir al cine.

- ¿Qué lo hace pensar que hoy no es viernes?

- El hecho incontestable que ayer miércoles finalicé la mejor transacción comercial de mi vida que conmemoraré a partir de hoy con Julieta después del cine. Tengo previsto que mañana viernes invitaré a todos los de la oficina para un happy hour por mi cuenta, lo que no será más una sorpresa debido a este interrogatorio...me extendí demasiado, disculpe.

- Está bien. No tengo otras preguntas. Lo relevante e imprescindible ya está almacenado. Al contrario de las cosas racionales, las cosas del corazón son rápidas y certeras. Estoy satisfecho. Como mencioné, en algún día de la próxima semana lo citaremos para aclarar conclusivamente este episodio ingrato y desagradable.

- ¿Eso es todo? Me pareció lacónico, un poco ofensivo en su estrechez. Claro que no me corresponde decidir la extensión del interrogatorio ni la profundidad de los asuntos. Si esto le satisface, no tengo objeciones. Confío en su discernimiento y experiencia. Solo le pido que recuerde que es de mi futuro que estamos conversando aquí. No es una súplica ni tiene la intención de ablandar sus emociones, pero la búsqueda por la verdad no puede sustentarse solamente en tecnologías infalibles. Debe contemplar también los sentimientos y su forma de expresarlos y transmitirlos, ¿cierto? En resumen, me puede costar mi relación con la mujer que amo, mi fuente de subsistencia, mis amigos y una visita involuntaria e indeseada al presidio.

- No sea tan dramático. Si tiene certeza de sus verdades, nada tiene que temer. Si su autoconfianza es real y consistente, entonces su libertad está asegurada. Aunque de cierta forma se mantendría comprometida ya que puedo deducir un casamiento a corto plazo. En fin, viva sus días, cualesquiera que sean, tranquilamente y un día de cada vez. Entraremos en contacto. Buen día…!ah! mande el equipamiento sin falta para que no se ponga más leña en la hoguera. ¿De acuerdo?

- De acuerdo. Espero su contacto, no tan tranquilo como me lo desea, pero con la paz que me permite mi intuición. Buen día.

Mauricio remitió el aparato de la discordia para el ansioso coleccionista con la debida documentación de envío. En dicha documentación constaba la fecha del día jueves como despacho. Su consciencia, y no su testarudez como muchos pensaron, lo impulsaron a actuar de esta manera. También podría convertirse en una evidencia, lo que no era despreciable en su inusitada e insólita situación.

ARGUMENTOS A DESTIEMPO

Después del expediente se dirigió al departamento de Julieta como habían combinado, sin saber exactamente como iría a justificar lo injustificable, convencerla de lo inconcebible y demostrar la inexistencia del viernes. Una noche temeraria, asustadora en su formulación y vislumbre, abrigaba en su intimidad. Se preparó como pudo aunque sin obtener nada concreto o convincente. Volvió atrás en la secuencia. ¿Cómo prepararse para lo imponderable, lo desconocido? No tenía sentido armarse de munición ignorando cuál era su enemigo. ¿El adversario era insignificante o notable? ¿Poderoso o debilitado? Las variables eran demasiadas y las combinaciones de respuestas mayores aún. Tanto podía ser una bala de cañón para matar una hormiga, como un postón para matar un elefante. Resolvió ir al encuentro desprotegido porque entendió que sería la única forma de protegerse.

- Hola mi bien. ¿Qué hacemos con las entradas del cine?

- Creí que habíamos acertado para no tratar de este asunto nuevamente. Veo que me equivoqué rotundamente. ¿Navegaremos en estas aguas turbulentas? Corremos el riesgo de naufragar.

- No habrá naufragio porque se de tus habilidades para conducir un barco. ¿No estás interesada en saber cómo fue mi día jueves?

- Que terquedad. Solo tú vives el día de ayer en el presente. ¿Cómo podrías alterar las leyes de la física y de la cronicidad? No me menosprecies ni me subestimes. Es humillante que me trates de esta manera. Te dije que podríamos naufragar. Necesito un argumento honesto, una explicación desprovista de mentiras y engaños. Es lo que espero de ti.

- Julieta, ignoro cómo explicarte que estoy viviendo el día jueves. Mira, tengo una reserva para hoy jueves en el restaurante que tanto te atrajo y al cual no fuimos por diversos motivos. Dormí contento en la noche de ayer miércoles porque finiquité la negociación con el coleccionista que te había comentado. ¿Qué día de la semana juego futbol?

- Los jueves

- *Exacto. Hoy por la mañana salí de casa con mi maletín deportivo porque iba a jugar. Después un filme contigo y la sorpresa sería la cena, que ahora ya no cenaremos porque según todos ustedes, fue ayer. ¿No estás siendo presionada o intimidada a confabular contra mi sanidad mental, cierto?*

- *Esa posibilidad es nula, es una fantasía de tu imaginación. No niego que tu comportamiento es sincero y que siento que me dices tú verdad. No obstante, no entiendo como mantienes tu argumentación de que hoy no es hoy, siendo que todos los medios por los cuales puede comprobarse esta afirmación, la desmienten. No es un pretexto aceptable racionalmente. Me pides que crea en cinocéfalos[2] o que el mar muerto está vivo, ambas un insulto intelectual, una ofensa a mí cultura.*

Mi hipótesis es terrena y contiene vestimentas femeninas que no son mías. En otras palabras: que existe otra mujer y quieres eliminar el día de ayer para no dejar vestigios del romance prohibido. E interpreta prohibido como un eufemismo de hediondo, asqueroso.

- *Julieta...no adquirí otro guardarropa femenino. Si este fuera el caso, que yo tuviera un caso, sería ingenioso lo suficiente como para inventar algo más creativo que no despertara sospechas. Tienes que confiar que te estoy diciendo la verdad en relación al posible adulterio, como a que hoy es jueves para mí...No es una disculpa de conveniencia, es mí realidad cronológica.*

Unos investigadores policiales fueron a conversar conmigo en la oficina. Querían saber porque no había entregado el cinematógrafo al coleccionista en la fecha acordada que era hoy y para ellos, ayer. Testaron mi corazón con un aparato innovador e infalible.

- *¿Eran policiales o médicos? ¿Testaron solo tu corazón o te aplicaron algunas pruebas de raciocinio e inteligencia? ¿Llevaban con ellos una camisa blanca con mangas bien largas? Me dejas preocupada, Mauricio.*

- *Todavía no trato de capturar el viento con una red ni trato de hacer agujeros en el agua. Comprendo cabalmente la diferenciación entre lo normal y lo común. Por ejemplo, es común ver niños pidiendo limosna en las esquinas de esta ciudad, pero eso no es normal. ¿Estás de acuerdo? Eran investigadores de crímenes contra el patrimonio, en este caso del coleccionista. Fui sometido a un detector de verdades. Es verdad. De verdades y*

---

[2] En la mitología greco-romana, era un ser con cuerpo de hombre y cabeza de perro.

no de mentiras ya que según ellos la mentira tiene piernas cortas y la verdad un espectro prolongado y real. Se comprometieron a contactarme tan luego obtengan los resultados.

Te juro que respondí con la verdad y eso me tranquiliza el alma y reconforta mi consciencia. Estoy aprensivo por los posibles desdoblamientos que esto pueda generar, como por ejemplo: que naufrague nuestra embarcación. Presiento que tú también te convencerás de la veracidad de mis experiencias cuando tengamos los datos en manos. ¿Puedo confiar que confías ciegamente en lo que te digo?

- Ciegamente, no. Pero con un ojo, sí. Quiero depositar toda mi confianza en tus acciones como el diminuto pez limpiador se entrega sin recelo a su tarea de limpiar la boca de peces que son sus predadores naturales fuera del límite del área de limpieza. Es a esa condición que deseo llegar. En este instante, estoy dispuesta a realizar la higiene bucal, pero estoy temeraria de que quieras cerrar la boca. ¿La cerrarías?

- Por supuesto que no. Soy un pez de paz de índole vegetariana. Lo que necesito ahora es tu comprensión y apoyo aunque no me creas piamente. Saber que puedo contar contigo es la condición necesaria para enfrentar esta aberración temporal. Eres la línea que divide con precisión la sanidad de la insanidad. El amparo de mi infortunio. No serás devorada por mí aunque encarne un predador...por lo menos no literalmente.

- Es de una impertinencia casi infantil enfocar la cadena alimenticia por este ángulo. Es completamente inapropiado tu comentario final. Lo mantendré en mí reserva personal porque estoy segura que en breve será titular de mí equipo. ¿Está bien? En relación a mi sustentáculo, lo tienes. Sé que te pongo restricciones, pero ¿qué sería de mí si no tuviera mi ambigüedad? La incertidumbre funciona y opera como mi timón en la navegación de nuestra relación. Es una confidencia que, en situación normal, no te la revelaría, pero como estamos en una situación inusual y delicada, lo hago.

- Aprecio de sobremanera lo que me dices, de verdad lo estimo mucho y me hace perderme en ti, aunque ahora lo que necesito es encontrarme...Todavía podemos disfrutar de la gastronomía del restaurante. ¿Vamos?

- Prefiero quedarme en casa y profundizar en las cosas de tu día que fue totalmente inédito. Me arriesgo a decir que fue un día absurdo a comenzar porque hoy es jueves para ti y viernes para mí.

Fue una noche memorable desde el punto de vista de los nutrientes indispensables para mantener encendida la relación que mantenían.

DIVINA CIENCIA

Los días posteriores se sucedieron despacio, con un andar pesado y lento. Mauricio con la tranquilidad que la verdad le otorgaba, pero también con la ansiedad que toda espera genera. Esto último tornaba los días lánguidos y las horas fatigantes.

Ya habían transcurrido cinco días hábiles desde la ejecución de la prueba. Él dijera, dos días. Adicionó a la ansiedad la angustia del misterio, lo que volvió los días ásperos y desacompasados. Sensaciones antagónicas se produjeron en función de la aspereza y el descompaso en la percepción de Mauricio. Una hora podía durar veinte minutos, como podía demorarse cinco horas en pasar. Esta oscilación temporal lo dejo al borde de ser dominado por una neurosis que desconocía en sí mismo, porque se reconocía como una persona confiada y segura de sus actos y decisiones.

Al sexto día hábil, cuando sus remanecientes pedazos de uñas aún se adherían obstinadamente a los dedos, fue sorprendido por una llamada telefónica convocándolo a una reunión esclarecedora de este "increíble acontecimiento", como lo denominó Domingo. Su curiosidad fue despertada a gritos que también se incumbieron de ensordecer su racionalidad y alertar sus instintos. Todavía faltaban veinte y cuatro horas para el encuentro. Tuvo que controlar la voluntad de saciar su curiosidad por todo ese interminable e infinito tiempo. Irónicamente, la supuesta ausencia de tiempo había provocado la sensación de acumulo y detención de su pasar cadencioso en demasía…

- *¿Me escucha?* – preguntó Domingo Sabático a fin de certificarse que Mauricio aún continuaba en la línea.

- *Estoy aquí. Me siento con un ataque de cenestesia. Algo como muerto vivo en una interpretación vulgar. Quiero moverme pero mis comandos cerebrales no tienen respuesta física. Estoy petrificado.*

- *Respire bien hondo. Su "tragedia" esta próxima de acabar. Solo resta el acto final. Le adelanto que no hay sangre, ni muertos, ni desdicha al caer del telón de esta obra prima. Cálmese y comparezca mañana por la mañana a mi escritorio. A propósito, le comunico que todas las partes interesadas fueron convidadas a participar para que todos los involucrados reciban el mismo mensaje de la misma fuente, que seré yo. En virtud de la importancia de lo que será transmitido, le sugiero que invite a su enamorada para hacer parte de este círculo privilegiado de oyentes. ¿Le parece bien?*

- De acuerdo. Le preguntaré su disponibilidad. Hasta mañana si permanezco vivo.

El tiempo le pareció inmutable, estancado. Se imaginó un rollo de película que siempre interrumpía su proyección en la misma escena crucial, pero que nunca llegaba a la escena que elucidaba toda la trama expuesta, respondía a todas las preguntas formuladas y desenmascaraba el misterio subyacente. Cosa de mente de cinéfilo.

Julieta consintió en asistir a la reunión porque sus incógnitas también serían aclaradas y porque deseaba un final feliz para esta producción. También cosa de cinéfila. Ambos coincidieron que esa noche tuvo la duración de las mil noches narradas por Sherezade.

- Buen día a todos. Gracias por comparecer. No se van a arrepentir porque este día será un marco de la investigación policial y un momento que se grabará indeleblemente en sus memorias. En ningún acervo de la comunidad internacional o nacional se encuentra registrada la solución que es la única posible, factible y creíble para esta increíble experiencia.

Lo que presentaremos a continuación es la realidad que supera a la ciencia ficción, es lo inimaginable concretizado, es lo inconcebible materializado. Tendremos que dejar en blanco nuestra mente, abrirnos a las posibilidades improbables y aceptar con el alma y el corazón la verdad absoluta emanada de la mezcla de un equívoco humano que atropelló las leyes de la física, inclusive la cuántica, con la relatividad del tiempo y del espacio. Sé que estoy siendo vehemente y efusivo, sin embargo no puedo abstraerme de estas actitudes ante la magnificencia y raridad de la solución.

Mauricio se sometió voluntariamente al test del detector de verdades. Los datos procesados arrojaron como resultado que había dicho la verdad a todas las indagaciones. En suma, para él su vida se desarrollaba normalmente en el jueves de aquella semana.

Por otra parte, era irrefutable que todos nosotros vivenciábamos el viernes simultáneamente al jueves de Mauricio. El coleccionista, aquí presente, también había dicho la verdad cuando perpetró la denuncia por no haber recibido el aparato de la discordia en la fecha correspondiente que era el jueves de la misma semana. Ambos decían sus verdades. Ninguno estaba mintiendo o distorsionando los acontecimientos por conveniencia.

Era el problema perfecto que teníamos en nuestras manos. Obra prima de la naturaleza humana. Pues bien, Marta y yo no aceptamos el impase como solución. Así, iniciamos una búsqueda de antecedentes o pistas que pudiéramos seguir. Al cabo de varias investigaciones improductivas, y por obra de la providencia, nos topamos con un físico cuántico que también era formado en teología. Un paradojo, un oxímoron de la existencia, sin duda. Pero el problema era insólito y requería de abordajes insólitos.

Este monje de la relatividad nos instigó a buscar la solución en el calendario gregoriano y las consecuencias que este acto generó en la humanidad. Al principio no consideramos seriamente esta opción por ser un disparate y no presentar ninguna relación directa con el paradojo de dos cronologías simultaneas. No obstante, este físico de la religiosidad insistió para que verificáramos las implicaciones de la bula "inter gravissimas [3]" en el ambiente mundano, especialmente, en algunas personas particularmente afectadas en su temporalidad espacial.

No escondo que lo hicimos por educación, por respeto al científico espiritual y su dedicación y diligencia en colaborar con el esclarecimiento de esta duplicidad cronológica que comenzamos a investigar la repercusión de una bula papal en el cotidiano de la gente. Ahora solo tenemos que agradecer al religioso de la ciencia por su perseverancia y lucidez.

En mil quinientos y ochenta y dos, aconsejado por astrónomos y sabios, el papa Gregorio XIII emitió la bula que mencioné, en la cual alteraba de forma definitiva y categórica el calendario juliano vigente hasta ese día.

En la bula decretaba que el jueves cuatro de octubre de aquel año, seria precedido del viernes quince de octubre por necesidades de correcciones astronómicas: el tiempo terrenal difería en once días del tiempo sideral. Era como si el tiempo terrenal estuviera desafiando al tiempo divino. Algo inaceptable, un delirio de grandeza del espíritu humano. El gesto correctivo del papa Gregorio sustrajo once días de la existencia de la humanidad.

Pueden concebir que múltiples modificaciones se originaran a partir de la imposición del tiempo absoluto sobre el tiempo relativo. No fueron todos los países que adhirieron inmediatamente al nuevo anuario, siendo que los últimos solo lo aceptaron al inicio del siglo XX. O sea, convivieron con dos fechas simultáneas durante cuatro siglos.

En algunos rarísimos casos, personas fueron impactadas directamente por esta sustracción temporal y por la condición inusitada de vivir en dos tiempos absolutos concomitantemente. La dualidad temporal no es compatible con la existencia, que demanda aspectos concretos, reales, tangibles y únicos para mantenerse como tal. La vida, como la conocemos, no responde a la divisibilidad corporal y existencial. Somos lo que somos y no una probabilidad de ser. Así, en casos extremos lo divino corrigió la soberbia humana, ajustando y equilibrando esta disconformidad espacial y temporal.

Bula papal dictada por el Papa Gregorio XIII el 24 de febrero de 1582. Este documento reformó el calendario juliano y creó las bases de un nuevo calendario, llamado a partir de entonces «calendario gregoriano», que es ahora el que se usa ampliamente en todo el mundo.

Prolongué mi disertación a fin de contextualizar lo sucedido con Mauricio. Él vivió el ajuste astronómico exactamente el jueves inexistente. Equilibró su temporalidad al calendario Gregoriano para eliminar la dicotomía que lo acometía y poder disfrutar de vivir en armonía con el tiempo absoluto, sepultando la relatividad de sus días. El ajuste astronómico si bien cobró su precio sustrayéndole un día, se mostró también benévolo, indispensable y preciso para Mauricio. Si no fuera así, sus días posteriores podrían ser vivenciados alternadamente once días adelantados o atrasados, sin ninguna linealidad o coherencia, causando controversias inimaginables, como la imposibilidad de mantener la continuidad de su vida o tornarse un ácrono de cuerpo y alma.

La majestuosidad, la significancia y la relevancia de esta visión cosmológica hizo que los presentes a la reunión se rindieran inapelablemente a la fuerza contundente del testimonio hipnótico presentado por Domingo Sabático.

La conclusión inatacable aún permanecía en las mentes de los reunidos cuando el coleccionista pronunció palabras de conciliación dirigidas, especialmente, a Mauricio. Entre otras cosas, pidió disculpas por la impetuosidad de sus acciones, como también mencionó que retiraría inmediatamente la denuncia interpuesta. "De la misma forma que el jueves inexistió para ti, haré todo lo que está a mi alcance para que las acciones impetradas en ese mismo día, también dejen de existir para que el absolutismo del jueves se vuelva relativo."

En la secuencia, su jefe se sintió en la imperiosa necesidad de regalarle el día de hoy como compensación por el día sustraído de su calendario. Además de las disculpas y abrazos, marcaron un nuevo encuentro para jugar la final del campeonato, abdicando de esta forma al título merecido que ya habían ganado. La afronta quedó registrada para ser disputada el próximo jueves. Algunos dijeron que fue por ironía, otros que fue la materialización del regalo efectuado por su jefe. Independiente de la motivación, el resultado del embate fue un empate justo y ecuánime en la concepción de todos.

La sesión de cine de aquel día recuperó la noche del jueves en que Julieta y Mauricio verían "cartas para Julieta". Ambos convencidos que era la sesión que siempre frecuentaron en el día estipulado de rendirles homenaje a los hermanos franceses. Se supo que, posteriormente, tanto Julieta como Mauricio afirmaban que habían ido al cine en el fatídico día jueves de aquella semana. Con eso su temporalidad se ajustó y la cronología se tornó coherente y vivencial. El próximo jueves se exhibirá la reprise de Romeo y Julieta. Las entradas ya están en poder de Julieta, porque el acaso puede atacar sorpresivamente otra vez. La prudencia antes de la sorpresa.

www.ingramcontent.com/pod-product-compliance
Lightning Source LLC
LaVergne TN
LVHW020102190726
843498LV00014B/2181